SUCCESSION JEANNE DEMAY

Important Collier de Perles

JOYAUX

OBJETS D'ART ET D'AMEUBLEMENT

TABLEAUX, GRAVURES, BRONZES

Fourrures, Argenterie

TAPISSERIES ANCIENNES

TAPIS

AUTOMOBILES

PARIS — JUIN 1914

CATALOGUE

DES

JOYAUX

Diadème. Colliers. Boutons d'oreilles. Bagues. Broches. Bracelets. etc.

POIDS BRUT : 1.040 GRAINS

Sautoir de 217 Perles. (Poids brut : 1.676 grains)

COLLIER-RIVIÈRE DE 109 BRILLANTS

TABLEAUX — GRAVURES — ARGENTERIE

OBJETS D'ART ET D'AMEUBLEMENT

Automobiles

DONT LA VENTE AURA LIEU

En vertu d'ordonnance et sans attribution de qualités

HOTEL DROUOT

SALLES 9, 10 ET 11 RÉUNIES : LES 10, 11 ET 12 JUIN 1914.
SALLES 9 ET 10 RÉUNIES : LE 13 JUIN 1914 . . . . . *A deux heures*
SALLE 11 : LES 15 ET 16 JUIN 1914 . . .

COMMISSAIRES-PRISEURS

8, rue Drouot   41, rue de la Victoire

EXPERTS

Expert près le Tribunal civil de la Seine   Arbitre au Tribunal de Commerce de la Seine
14, place Vendôme   57, rue des Mathurins

EXPOSITIONS

PARTICULIÈRE : *Le Lundi 8 Juin 1914* . . . . . .   SALLES N° 9, 10 ET 11
PUBLIQUE : *Le Mardi 9 Juin 1914* . . . . .   DE 2 HEURES A 6 HEURES
Entrée par la rue de la Grange-Batelière

PUBLIQUE : *Le Dimanche 14 Juin 1914, salle 11, de 2 heures a 6 heures*

CONDITIONS DE LA VENTE

Elle sera faite au comptant.

Les acquéreurs paieront *dix pour cent* en sus du prix d'adjudication.

Les poids des perles ou pierres montées ne sont indiqués qu'à titre de simple renseignement et sans aucune garantie.

Imprimerie de l'Art. — Ch. Berger, 41, rue de la Victoire, Paris.

ORDRE DES VACATIONS

Mercredi 10 Juin 1914

Bijoux. . . . . Numéros impairs de 1 à 57 inclus
et de 58 à 69 inclus

Jeudi 11 Juin 1914

Bijoux. . . . . Numéros pairs de   2 à   56
Objets de Vitrine (Partie) . . . . de   107 à 146

Vendredi 12 Juin 1914

Gravures, Tableaux . . . . de   70 à 106
Fin des Objets de Vitrine.   147   191
Éventails.   192   204
Porcelaines : Groupes, Statuettes.   205   235
Objets variés   248   261
Rideaux, Tentures.   445   462
Partie des Tapis.   468   475
Automobiles (Cour).

Samedi 13 Juin 1914

Bronzes . . . . de   323 à 364
Sculptures   314   322
Siéges   365   388
Meubles   389   444
Tapisseries   463   467
Tapis (Fin des)   476   482

Lundi 15 Juin 1914

Lingerie, Garde-robe, Chapeaux . . . . de   523 à 525
Fourrures   483   522
Meubles divers.   526

Mardi 16 Juin 1914

Services de Table, Verrerie, Cristaux montés . . . . de   242 à 247
Céramiques.   236   241
Métal   262
Argenterie   263   313
Cave   527

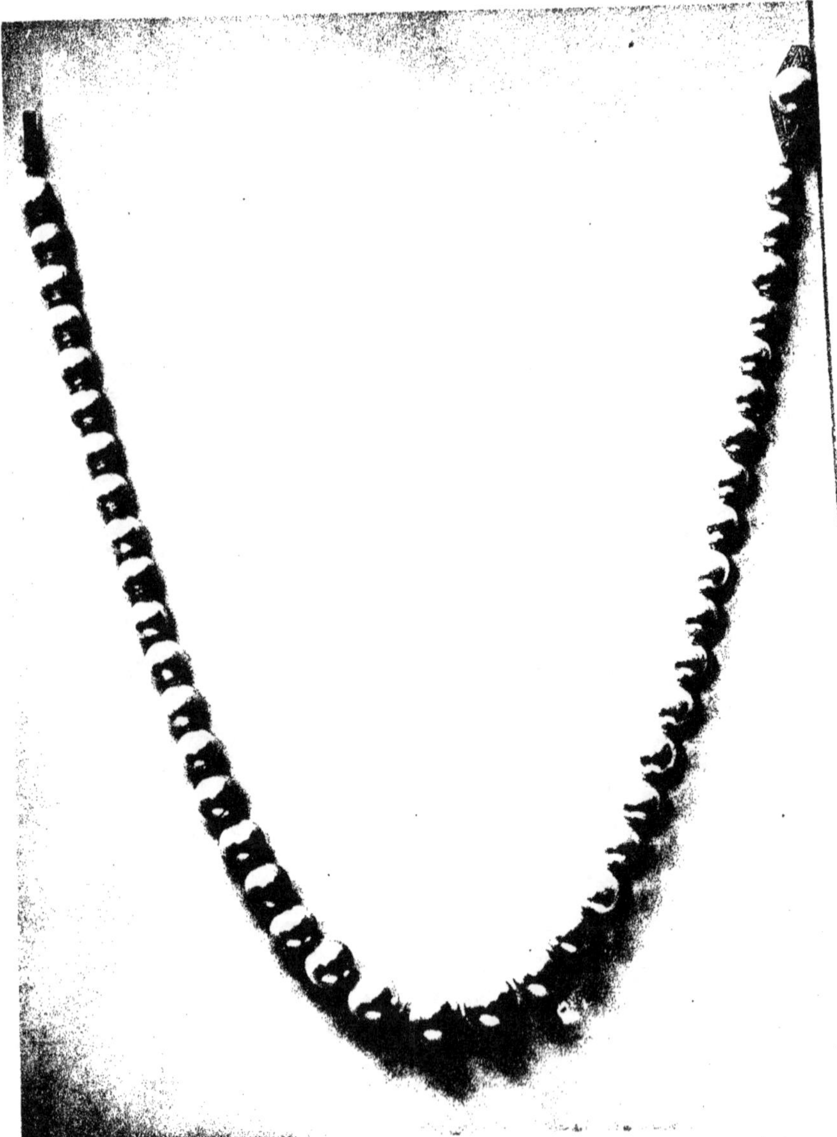

Planche N. 1

Planche N. 1

DÉSIGNATION

BIJOUX

1 — Collier, composé de quarante et une grosses perles blanches, avec fermoir en forme de losange serti de petits brillants; au centre, une grosse perle.

(Planche n° 1.)

Poids brut : 260 carats

1.400 grains

2 — Sᴀᴜᴛᴏɪʀ, composé de deux cent dix-sept perles blanches, avec fermoir perle fantaisie entourée de brillants.

(Planche nº 2.)

Poids brut : 1.676 grains.

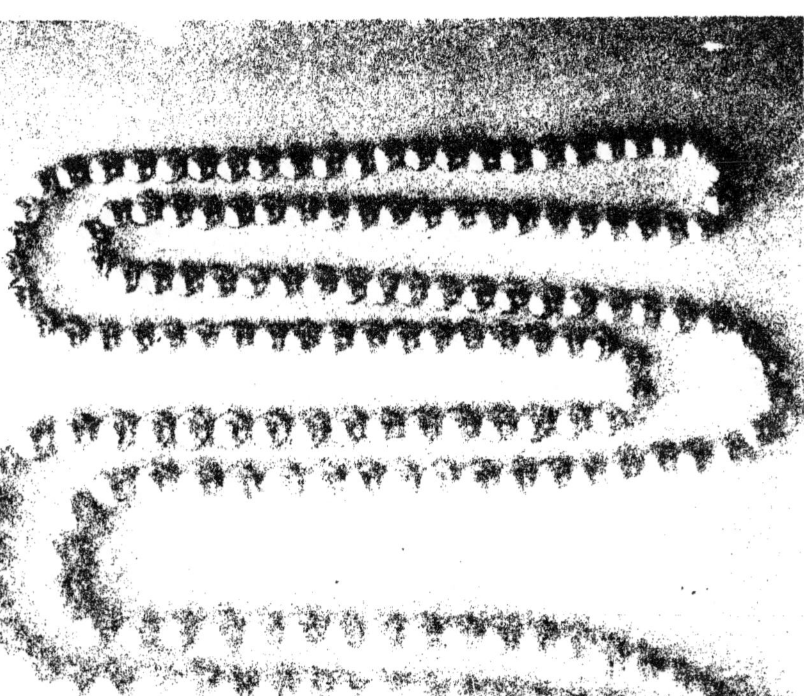

Planche Nº 2

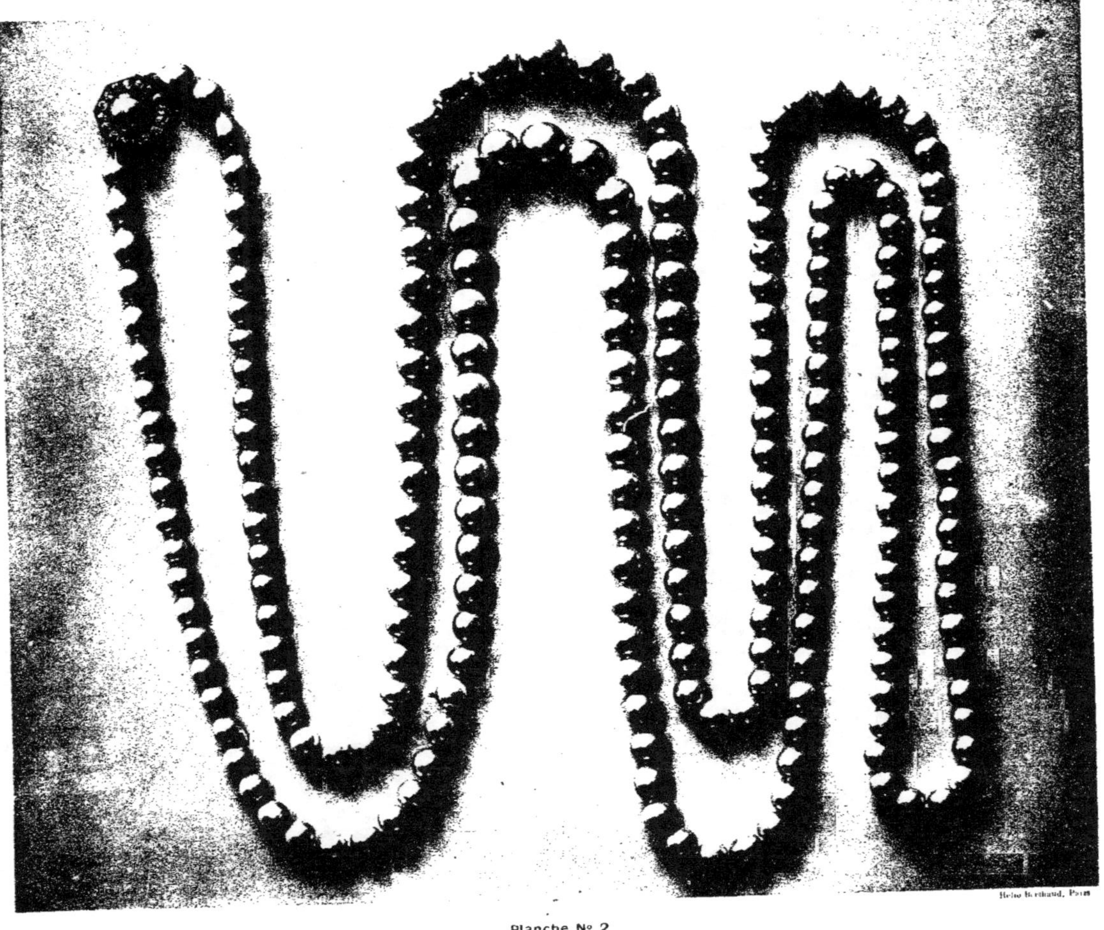

Planche N° 2

3 — BRACELET, composé de deux rangs de vingt-neuf perles blanches, avec fermoir orné d'une perle entourée de brillants.

(Planche n° 3.)

Poids brut : 85 carats.
340 grains.

4 — COLLIER, composé de cinquante-trois perles blanches, avec fermoir perle et or.

Poids brut : 144 carats.
576 grains.

5 — PERLE, ronde blanche percée.

Poids : 46 grains 5o.

6 — COLLIER de chien, formé de dix rangs de cinquante-six perles blanches reliés par des appliques et un fermoir sertis de brillants et ornés de perles japonaises.

7 — BAGUE, composée d'une grosse perle blanche, montée sur fil platine.

(Planche n° 3.)

8 — PAIRE de boutons d'oreilles, grosses perles blanches; monture or.

(Planche n° 3.)

9 — BROCHE de corsage feuillage en brillants; monture argent, avec pampilles ornées de perles de fantaisie.

10 — BAGUE, composée d'une grosse perle noire, montée sur fil platine.

(Planche n° 3.)

11 — BROCHE, forme nœud, ornée de brillants ; au centre, une grosse perle blanche.

12 — BROCHE-BARRETTE, monture platine ; au centre, une grosse perle fantaisie, séparée de deux perles blanches par deux brillants.

(Planche nº 3.)

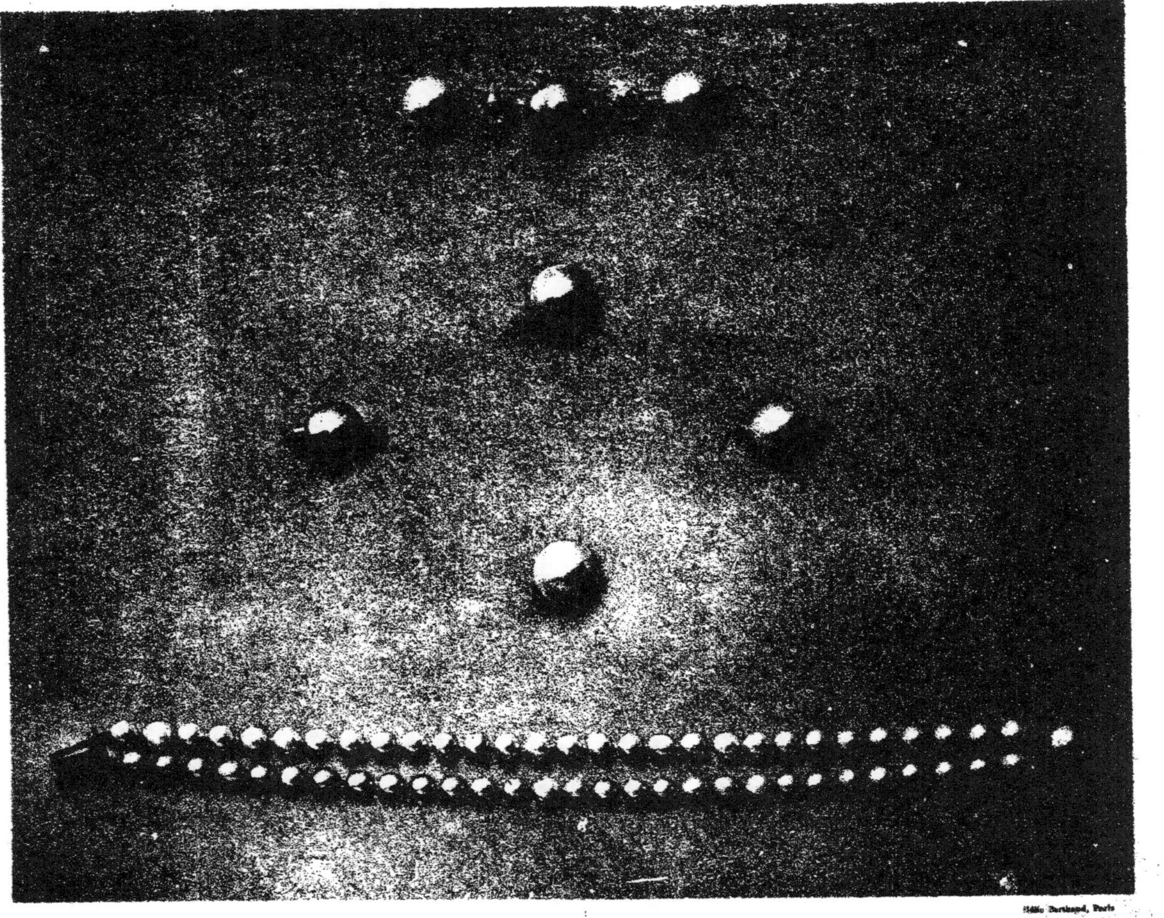

Planche N 3

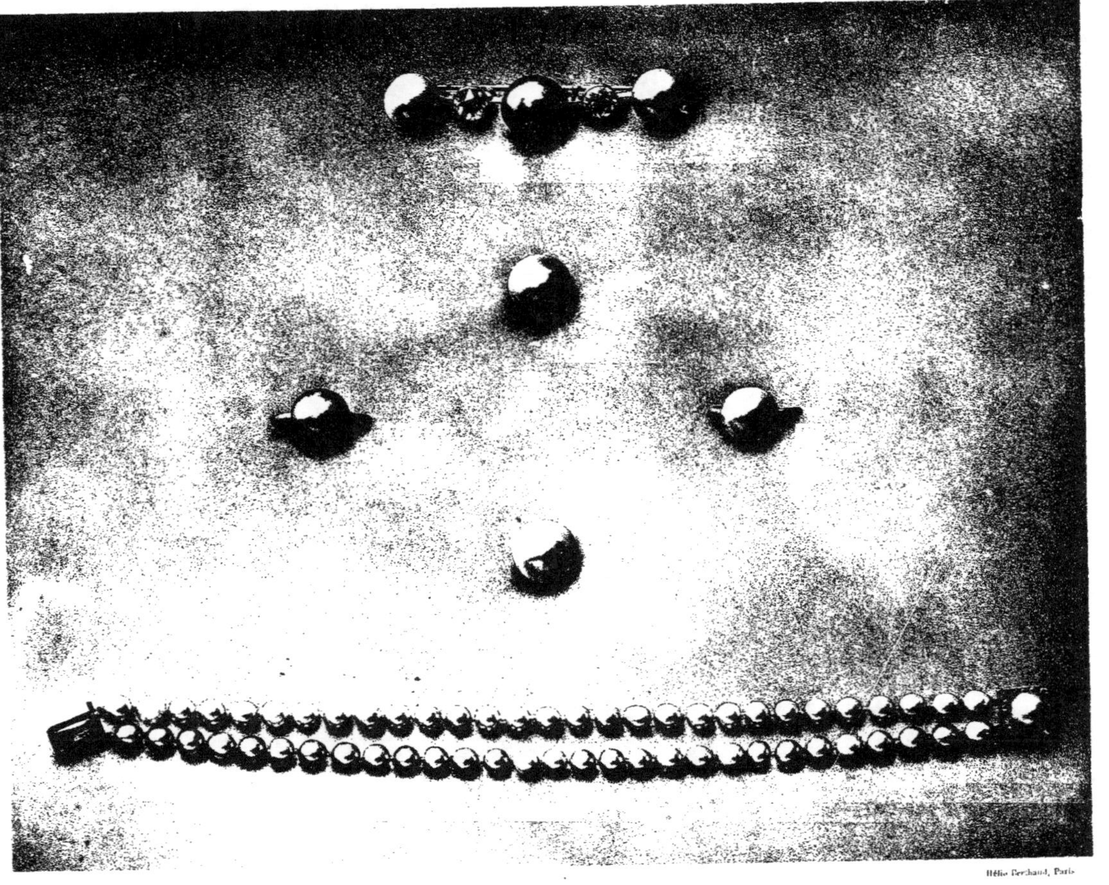

Planche N° 3

13 — COLLIER-RIVIÈRE avec pendeloques, composé de cent neuf
brillants ; monture argent doublé d'or et platine.

(Planche n° 4.)

*Deux brillants, manquant sur la photographie, ont été
retrouvés.*

14 — Broche de corsage, ornée de deux gros saphirs et de trois gros diamants entourés de brillants ; monture platine.

(Planche nº 4.)

Planche N° 4

Planche N° 4

15 — Collier-carcan, orné de brillants et d'émeraudes, joaillerie
or et argent.

16 — Diadème, orné de brillants et de roses; monture platine;
au centre, une grosse perle blanche.

17 — Bague, composée d'un gros saphir; monture platine
agrémentée de petits brillants.

18 — Collier-carcan brillants et rubis, avec nœuds joaillerie
argent. (Manque deux brillants.)

19 — Broche-barrette longue, ornée de cinq perles blanches
et de brillants.

20 — Paire de boutons d'oreilles, brillants solitaires.

(Planche n° 4.)

21 — Deux bracelets, joaillerie argent, ornés de perles baroques
fantaisie, au centre de guirlandes serties de brillants et de
roses.

22 — Cercle, monture argent, orné de dix brillants.

23 — Bracelet-montre, platine, émail et roses.

24 — Collier art nouveau en or, avec motifs représentant des
têtes de chevaux reliées par des chaînes ornées de 'pierres
de couleur et de perles; au centre, une grosse turquoise
en forme de poire.

25 — Collier de chien, jais noir, avec entre-deux et fermoir
joaillerie argent sertis de brillants, roses et de pierres rouges.
(Manque plusieurs pierres.)

39 — BROCHE-BARRETTE, monture platine, ornée de cinq saphirs
et de cinq brillants.

40 — BROCHE ornée de brillants et de roses, avec pampilles serties de pierres rouges.

41 — DEUX FERMOIRS de colliers, l'un orné d'un gros brillant,
l'autre d'une émeraude cabochon.

42 — DIAMANT noir.   Poids : 8 carats.

43 — POIRE émeraude taillée.   Poids : 14 carats 84.

44 — HUIT PERLES blanches percées.   Poids : 52 grains 80.

45 — DEUX BRILLANTS appariés.   Poids : 9 carats 20.

46 — LOT de petits brillants.   Poids : 6 carats.

47 — LOT de roses démontées.   Poids : 3 carats.

48 — LOT de saphirs et émeraudes.   Poids : 4 carats 85.

49 — BOUTONS de manchettes, losanges, brillants, rubis, saphirs
et émeraudes. (Manque un rubis.)

50 — BOUTONS de manchettes, têtes de coq en or et émail.

51 — BOUTONS DE MANCHETTES, pierres bleues serties platine.

52 — Boutons de manchettes, scarabées, pierres bleues et roses.

53 — Boutons de manchettes, nacre et perles.

54 — Deux boutons de chemise, perles blanches; monture or.

55 — Boite ovale topaze évidée; monture or, ornée d'olivines, de roses et de perles.

56 — Bourse en or forme aumônière.

Poids : 178 grammes.

57 — Trois boutons de gilet en or, émail rouge et brillants.

58 — Cinq boutons de robe, ornés de roses et de turquoises.

59 — Épingle à chapeau, soufflure de perle ornée de roses.

60 — Deux épingles à chapeau, soufflures de perles ornées de roses.

61 — Lot de deux petites broches-barrettes serties de brillants et d'une troisième sertie de brillants et d'émeraudes.

62 — Manche d'ombrelle en or ciselé.

Poids : 46 grammes.

63 — Médaille ouvrante en or.

64 — Chaine pépite et breloques en or.

Poids : 38 grammes.

65 — Bourse en or avec breloque.

Poids : 23 grammes.

66 — Lot, composé d'un tire-bouton, d'un étui à rouge avec ornements sertis de roses, d'un anneau de clé avec pierre rouge
et d'une breloque livre ; le tout en or.

Poids brut : 33 grammes.

67 — Lot, composé de : une épingle à chapeau « edelweis » en
nacre ; une broche marguerite perles fantaisie (manque une
perle), monture métal ; un collier de chien, métal doré ; un
peigne en corne, orné de perles baroques. (Manque plusieurs
perles.)

68 — Lot de corail.

69 — Lot de vieilles montures, métaux divers.

GRAVURES

ANGELICA KAUFFMAN
(D'après)

75 — *La Déclaration.*

Par SCORODONOFF.

BARTOLOZZI
(D'après)

L'Evanouissement.

Deux pièces coloriées se faisant pendants.
Encadrées.

DEBUCOURT
(D'après)

76 — *Heur et Malheur ou la cruche cassée.*

L'Escalade ou les Adieux du matin.

Épreuves en couleur.
Cadres en bois sculpté doré.

SERGENT
(D'après A.-F.)

77 — *Il est trop tard!*

Épreuve en couleur.
Encadrée.

BAUDOUIN

(D'après P.-A.)

78 — *Le Curieux.*

Gravure coloriée.
Encadrée.

DEBUCOURT

(D'après)

79 — *La Noce au château.*

Imprimée en couleur.
Cadre en bois sculpté doré.

TAUNAY

(D'après)

80 — *Le Tambourin.*

Par Descourtis.
Imprimée en couleur.
Cadre en bois sculpté doré.

BAUDOUIN

(D'après)

81 — *Le Bain.*

Épreuve en couleur sur Japon.
Encadrée.

LAVREINCE
(D'après)

82 — *L'Indiscret.*

Imprimée en couleur.
Encadrée.

LAVREINCE
(D'après)

83 — *Ah! laisse-moi donc voir.*

Par JANINET.
Imprimée en couleur.
Encadrée.

HUET
(Daprès J.-B.)

84 — *La Toilette en désordre.*

Épreuve en couleur.
Encadrée.

HUET
(D'après J.-B.)

85 — *Le Beau miroir.*

Épreuve en couleur.
Encadrée.

JANINET

(D'après)

86 — *L'Amour et l'Amitié*.

Deux épreuves imprimées en couleur.
Encadrées.

ANDRIEU

(Attribué à)

87 — *La Mascarade sur le port de Dieppe*.

Aquarelle.
Encadrée.

LEMAIRE

(SUZANNE)

88 — *Corbeille de fleurs*.

Posée sur une table recouverte d'un tapis bleu garni
de fleurs et fruits.
Aquarelle.
Encadrée.

TABLEAUX

ANONYME

89 — *Cour de ferme.*
Peinture.
Encadrée.

90 — *Le Moulin.*
Peinture.
Encadrée.

91 — *Vue de Venise.*
Peinture.
Encadrée.

ÉCOLE HONGROISE

92 — *Les Joueurs de loto.*
Peinture.
Encadrée.

Haut., 1 m. 25 cent.; larg., 1 m. 75 cent.

LINDEN
(GASTON)

93 — *Portrait de Femme orientale.*
Peinture.
Encadrée.

MONOYER
(Genre de)

94 — *Vases de fleurs posés sur une table.*
Deux peintures formant pendants.
Cadres en chêne sculpté.

Haut., 1 m. 45 cent.; larg., 1 m. 20 cent., compris encadrement.

R.
(1620)

95 — *Tête de Vieillard.*
Peinture.
Encadrée.

ROSEN
(J.)

96 — *Vue de Fenchal.*
Peinture.
Encadrée.

Planche N 5

Planche N 5

26 — PORTE-OR et carnet orné de brillants et de rubis.

Poids brut : 283 grammes.

27 — PETIT RANG de soixante-quatre perles blanches.

Poids : 127 grains 40.

28 — CHAINE-SAUTOIR en or, ornée de brillants et de roses.
(Manque une pierre.)

Poids brut : 80 grammes.

29 — BAGUE, monture platine; au centre, une pierre rouge
entourée de brillants.

30 — DEUX ÉPINGLES de coiffure, écaille blonde, ornées de brillants.

31 — BAGUE en or, ornée d'une turquoise et de petites roses.

32 — BAGUE en or, ornée d'un camée-intaille.

33 — FLACON, cristal, émail et pierres de couleur.

34 — BOURSE en or avec coulant orné de brillants et de pierres
de couleur.

Poids brut : 92 grammes.

35 — MONTRE de dame, décorée joaillerie et émail noir, avec
deux breloques.

36 — PORTE-OR et carnet à compartiments avec chiffre serti de
roses.

Poids brut : 340 grammes.

37 — ÉPINGLE de cravate perle.

38 — PETITE ÉPINGLE ancienne, ornée d'un brillant entouré de
petits brillants.

ROSEN
(J.)
(1902)

97 — *L'Ordre.*

Peinture.

Encadrée.

Haut., 74 cent.; larg., 1 mètre.

ROYBET
(F.)

98 — *Portrait d'un Jeune Seigneur.*

Vêtu d'un pourpoint en brocart à grands ramages, la cape en velours sombre aux épaules, la tête énergique mais douce, couverte d'un grand feutre, émerge d'une fraise garnie de dentelle.

Signé dans le haut à gauche.

Panneau. Haut., 68 cent.; larg., 55 cent.

(*Planche n° 5.*)

TROUILLEBERT

99 — *La Maison du pêcheur.*

Auprès d'une cabane se trouvant au bord de la rivière, le pêcheur est assis dans une barque, sur la droite s'estompent les coteaux.

Signé à gauche.

Toile. Haut., 65 cent.; larg., 80 cent.

(*Planche n° 5.*)

VILLARD

(A.)

100 — *Le Verger.*
Peinture.
Encadrée.

VILLARD

(A.)

101 — *Rochers rouges, fond de mer.*
Peinture.
Encadrée.

VILLARD

(A.)

102 — *Le Vieux puits.*
Peinture.
Encadrée.

VILLARD

(A.)

103 — *Le Quai de la Tournelle, à Paris.*
Peinture.

VILLARD
(A.)

104 — *Parc du Château de C...*

105 — *La Confidence.*
Pastel de forme ovale, dans le goût du xviiie siècle.

106 — *Le Baiser.*
Pastel de forme ovale.
Cadre en bois sculpté doré.

OBJETS DE VITRINE
BOITES, ÉTUIS
MINIATURES, MONTRES, PORTE-CARTES, ETC.

107 — DEUX BOITES-BONBONNIÈRES et un étui en ivoire sculpté. Couvercles ornés de miniatures.

108 — DEUX PETITES BOITES, une en métal argenté, l'autre en pomponne.

109 — DEUX BOITES-BONBONNIÈRES en cuir bouilli, une ornée d'une tête de vieillard et l'autre d'un sujet d'intérieur.

110 — BOITE-BONBONNIÈRE en ivoire ; couvercle orné d'une minia·ture de jeune femme en costume Louis XVI.

111 — BOITE-BONBONNIÈRE en porcelaine, ornée d'appliques en cuivre doré. Boite en émail ornée d'un sujet genre BOUCHER.

112 — TABATIÈRE en buis, ornée sur les quatre faces de motifs à personnages, et animaux.

113 — BOITE-BONBONNIÈRE en écaille, ornée de sculptures chinoises.

114 — BOITE-BONBONNIÈRE en écaille, ornée d'un médaillon de Charles X en bronze doré. — Au revers : *C* couronné.

115 — BOITE-BONBONNIÈRE en écaille, ornée d'une miniature repré·sentant un enfant.

116 — Bonbonnière en argent, dont le couvercle est formé par un boîtier de montre émaillé, d'époque Louis XVI.

117 — Bonbonnière en porcelaine décorée, à sujets d'après Boucher. Monture en argent doré, ornée de pierres de couleur.

118 — Boite plate en argent doré émaillé; couvercle orné d'un sujet mythologique.

119 — Boite-tabatière en écaille. Couvercle orné d'une miniature : « Combat de Mamelucks ». Signée : *A. Delayer*. Monture en argent doré.

120 — Boite-bonbonnière en écaille. Elle est ornée sur toutes ses faces de peintures au vernis dans le goût flamand.

121 — Boite en écaille, ornée d'une gouache représentant un paysage animé de nombreux personnages.

122 — Boite-bonbonnière; monture en métal doré. Elle est décorée sur toutes ses faces de gouaches dans la manière de Blarenberg : La Foire de Saint-Germain, le Bateleur, et paysages avec nombreux personnages.

123 — Deux boites-bonbonnières, l'une de forme ovale, en porcelaine décorée; l'autre figurant une mandoline.

124 — Deux boites-bonbonnières en porcelaine de Saxe, à décor de fleurettes et personnages.

125 — Boite-bonbonnière en argent gravé et un petit baguier figurant un traîneau.

126 — Boite à deux compartiments en agate galonnée d'argent.

127 — **Petite boîte-bonbonnière**, de forme ronde, en argent doré, ornements guillochés, de style Louis XVI.

128 — **Boîte-bonbonnière**, de forme ovale, en nacre; le couvercle est orné de pierres de couleurs ; intérieur et garniture en or guilloché. Fin du xviiie siècle.

129 — **Boîte-tabatière**, de forme oblongue, en or guilloché, ornée de bande d'émail bleu.

130 — **Boîte** en écaille brune, de forme ronde, le couvercle est orné d'une miniature à sujet tiré de l'Histoire d'Alexandre.

131 — **Deux plaquettes** en émail et un dessus de boîte orné d'un buste d'homme.

132 — **Miniature** rectangulaire, représentant une jeune femme endormie. Cadre en cuir garni d'argent.

133 — **Deux miniatures**, de forme ronde, l'une représentant un couple en costume Empire, l'autre un portrait d'enfant. xviiie siècle.

134 — **Miniature**, de forme ronde : Buste de jeune femme en costume Louis XIII. Cadre or et argent.

135 — **Miniature**, de forme ovale : La jeune femme au manchon. Cadre à rubans et feuille d'acacanthe.

136 — **Miniature**, de forme ovale : Le Jeu de la Main chaude. Cadre en or, orné de roses et pierres de couleur.

137 — **Miniature**, de forme rectangulaire : Portrait de jeune femme, assise, en costume Empire. Cadre en cuivre guilloché.

138 — Deux fixés sur verre, de forme ovale, représentant des paysages.

139 — Souvenir d'amitié en ivoire galonné d'or guilloché, orné d'une miniature : Portrait d'homme. Signé : *Laurent fecit*.

140 — Étui-porte-tablette en galuchat, orné de motifs à guirlandes de roses et carquois, galonné de cuivre doré.

141 — Deux étuis à bésicles, l'un en tôle émaillée, l'autre en galuchat orné de peintures au vernis.

142 — Deux petits groupes en ivoire : Le Marchand de coquillages et le Marchand de tabac, et un petit éléphant.

143 — Trois porte-cartes en peau et maroquin, garnis d'or. L'un avec fermeture ornée de brillants.

144 — Porte-cartes en argent doré, avec sujets en relief sur les deux faces.

145 — Porte-cartes en argent découpé, orné d'une miniature : Buste de jeune femme.

146 — Porte-cartes en argent doré, gravé et guilloché. Carnet en cuir armorié.

147 — Porte-cartes en filigrane d'argent et miniature : Jeune femme tenant une couronne de fleurs. Cadre en acier guilloché.

148 — Petit baguier en argent doré, orné de cariatides et pierres de couleur.

149 — Montre en or, à double boîtier émaillé sur les deux faces de paysage et de trophée guerrier. Marque : *P.-A. Courvoisier*.

150 — Montre de dame, cadran en or cerclé de perles fines ; le boîtier est orné d'une marine sur émail translucide bleu, cerclé de perles. Commencement du xixᵉ siècle.

151 — Montre en or, de *Bréguet, à Paris;* boîtier décoré d'un émail : l'Autel de l'Amour, cerclé de bleu. Fin du xviiiᵉ siècle.

152 — Montre en or, de *Delisle et frères;* cadran cerclé de roses; boîtier orné de motifs de fleurs et feuillages émaillés. Époque Louis XVI.

153 — Montre en or, de *Landier, à Châlons;* boîtier cerclé de guirlandes et gravé. Époque Louis XVI.

154 — Montre en or, mouvement à sonnerie de *Lépine, à Paris;* boîtier orné de trophée et de guirlandes à deux ors. Époque Louis XVI.

155 — Montre en or, de *Jolin, à Orléans;* boîtier orné d'un médaillon à instruments de jardinage et d'une guirlande de fleurs. Époque Louis XVI.

156 — Petite montre en or, de *Ferrot et Fazy;* cadran cerclé de roses; boîtier orné d'un portrait de jeune femme en émail, entouré de guirlandes en bleu. Époque Louis XVI.

157 — Montre en or; cadran cerclé de roses; boîtier orné de guirlandes de fleurs à deux ors, et d'un bouquet de fleurs en émail. Époque Louis XVI.

158 — Montre en or; boîtier à ornements gravés. Fin de l'époque Louis XV.

159 — Boîtier de montre en or repoussé, représentant Mars et Vénus. Époque Louis XV.

160 — Petit flacon en or émaillé, suspendu à une chaînette terminée par une clef; à l'intérieur, un très petit mouvement de *Czapeck, à Genève.* xixe siècle.

161 — Chatelaine en or ciselé, ornée de quatre médaillons en émail et garnie de breloques dont deux en porcelaine décorée. — Montre en or, mouvement de *L'Épinne, à Paris ;* cadran cerclé de roses; boîtier orné d'un émail, entouré d'une guirlande à deux ors.

162 — Coq en argent doré et émaillé; les ailes déployées et la queue sont garnis de petites perles; le dos, de pierres de couleur.

163 — Sept pièces anciennes en or, dont six montées en bracelet.

164 — Médaille en or, avec le profil de l'Empereur Napoléon Ier en relief.

165 — Deux pièces de monnaie ancienne en or, dont une montée en breloque.

166 — Très petit médaillon-breloque en or, en forme de porte-cartes. — Et petite boîte en or.

167 — Deux étuis à cigarettes en argent et argent doré.

168 — Étui-porte-cigarettes en or, à rayures et brunis; entourage et bouton-poussoir en saphirs de Ceylan.

169 — Étui-porte-cigarettes en or, ornements fondus et ciselés, dans le goût du xviiie siècle.

170 — Boite-porte-allumettes en or mat, ornée de deux petits brillants et de pierres de couleur.

171 — MÉDAILLON-BRELOQUE en or ciselé et émaillé sur les deux faces, intérieur ouvrant à secret.

172 — GRANDE MÉDAILLE en argent doré : Prix du Meeting automobile, Calais-Douvres, 1904.

173 — MONTRE chronographe-compteur de minutes avec aiguilles rattrapante et dédoublante et répétition aux minutes; boîtier en cristal ultra plat; boîte en or poli, *de Cartier, à Paris*. — Chaîne, en maillons d'or et de platine alternés.

174 — GOUACHE sur vélin, représentant l'Embarquement pour Cythère.

175 — PETITE BOITE, formant table, en argent découpé et motifs à relief.

176 — PETIT MEUBLE-SECRÉTAIRE, formant boîte, en argent, motifs à relief.

177 — PENDULETTE en argent émaillé, ornée de turquoises et pierres de couleur.

178 — PETIT NAVIRE à trois mâts en argent.

179 — NÉCESSAIRE à cacheter en bronze doré, motifs d'animaux et instruments de jardinage.

180 — COUPE-PAPIER en bronze doré, par A. CLERGET (*édition Siot*), et un cachet surmonté du buste de Voltaire en bronze doré.

181 — TRÈS PETIT VASE et petite niche à chien en argent ciselé.

182 — DEUX CORBEILLES en argent, dont une couverte, imitation de vannerie.

183 — Plat en argent, à ombilic figurant la Résurrection. Au marli, figures des douze apôtres.

184 — Émail de Limoges, représentant Diane au bain.

185 — Boite à thé en cristal, couvercle en argent doré guilloché, et petit coffret contenant trois flacons à odeur.

186 — Coffret en cristal; monture en argent doré.

187 — Huit petits cadres en bois sculpté, contenant des bas-reliefs en cire tirés de la Vie du Christ.

188 — Coffret en métal doré, de forme hexagonale; couvercle et plaquettes en jade, ornés de turquoises et de pierres de couleur. Travail oriental.

189 — Poignard persan à poignée de jade, lame niellée d'or, fourreau en argent garni de pierres de couleur.

190 — Statuettes en bronze, d'après l'antique.

191 — Coupe, formée d'une grande coquille de nacre, sur piédouche; monture en argent doré, ornée de roseaux et fleurs aquatiques.

ÉVENTAILS

192 — Deux éventails, à monture d'ivoire ajouré et doré.

193 — Eventail, à monture d'ivoire sculpté, ajouré et peint; feuille décorée d'un paysage avec personnages, peint à la gouache.

194 — Deux éventails, un à monture de nacre ajourée; feuille décorée d'un motif peint à la gouache. — Eventail Espagnol.

195 — Eventail, décoré d'une aquarelle gouachée; monture en nacre ajourée et dorée.

196 — Eventail à double face, décoré de peinture au vernis, dans le goût du XVIIe siècle.

197 — Eventail, décoré sur les deux faces de peintures au vernis, dans le goût flamand.

198 — Eventail en ivoire ajouré, décoré sur ses deux faces de personnages, paysages et marines, dans des réserves.

199 — Eventail, à monture de nacre découpée et dorée; feuille ornée sur les deux faces, sujet à l'aquarelle : Jupiter et Calisto.

200 — Eventail, à monture d'ivoire découpé et peint; feuille représentant l'Offrande à l'amour, aquarelle gouachée.

201 — Eventail, à monture de nacre découpée et dorée; sujets galants dans des réserves; feuille à double face : le Déjeuner sur l'herbe, peinture à la gouache.

202 — EVENTAIL, à monture d'os découpé et doré; feuille représentant des scènes galantes et paysages.

203 — PORTE-ÉVENTAILS en bois sculpté doré. Style Louis XIV.

204 — PORTE-ÉVENTAILS tournant en bois sculpté doré. Style Louis XV.

FAIENCES ET PORCELAINES
GROUPES, STATUETTES

205 — Vase en porcelaine décorée, par Simonet, à Sèvres.

206 — Soucoupe en porcelaine de la Manufacture de Sèvres; monture en bronze.

207 — Deux assiettes, l'une en porcelaine de Chine, l'autre en porcelaine du Japon, montées sur pied en bronze.

208 — Deux statuettes de colporteur chinois en terre vernissée.

209 — Deux groupes d'animaux en porcelaine de Copenhague.

210 — Groupe de trois personnages en porcelaine de Saxe décorée : La Collation.

211 — Groupe de trois personnages jouant au jacquet. Porcelaine de Saxe décorée.

212 — Deux groupes en biscuit de porcelaine.

213 — Statuette : Amour à l'éventail. Porcelaine de Saxe.

214 — Statuette de l'Agriculture. Porcelaine de Saxe décorée.

215 — Deux statuettes : Berger et bergère, en porcelaine de Saxe décorée.

216 — Deux groupes, représentant l'Été et l'Automne, porcelaine de Saxe décorée, sur terrasse en bronze doré.

217 — Deux groupes : Berger et Bergère. Porcelaine de Saxe décorée.

218 — Groupe en porcelaine blanche allemande.

219 — Encrier, plumier et cendrier en porcelaine décorée : cinq pièces.

220 — Deux groupes en biscuit de porcelaine : Marchand et Marchande de plaisirs.

221 — Deux pièces : Une bonbonnière et un petit pot couvert en porcelaine décorée.

222 — Deux bannettes en porcelaine décorée. Compagnie des Indes et Allemagne.

223 — Flacon à thé en porcelaine d'Allemagne, décoré de sujets en camaïeu rose et dorure.

224 — Boite à parfums, en porcelaine de Chine décorée.

225 — Groupe de deux personnages en porcelaine d'Allemagne.

226 — Deux statuettes de Chinois en porcelaine décorée.

227 — Deux statuettes de danseuses Louis XV en porcelaine de Saxe.

228 — Groupe en biscuit de porcelaine : Toilette de Vénus. Socle en velours rouge.

229 — Groupe en biscuit de porcelaine : Couronnement de Mars.

230 — Encrier, en forme de bateau, porcelaine de Saxe décorée; terrasse en bronze doré.

231 — Lot d'environ vingt tasses et soucoupes en porcelaine décorée. (Sera divisé).

232 — TÊTE-A-TÊTE en porcelaine décorée, composé de cinq pièces dans un plateau.

233 — TÊTE-A-TÊTE en porcelaine de la Compagnie des Indes, décoré d'armoiries et de fleurs : Cinq pièces dans un plateau.

234 — PLATEAU à fond de glace, monté en bronze doré, supportant une fontaine en porcelaine décorée et deux statuettes en porcelaine de Saxe.

235 — SURTOUT DE TABLE, composé de trois pièces, jardinière et coupe, sur plateau formant terrasse ; décor de fleurs et insectes.

CÉRAMIQUE

236 — Deux vasques en céramique, ornées de guirlandes et de mufles de lions bleu vert, sur socle de même couleur.

237 — Grande coupe sur piédouche en porcelaine décorée du Japon.

238 — Grosse tortue en céramique verte.

239 — Deux vases en céramique de Vallauris, montés sur des pieds en bronze doré. Style Louis XV.

240 — Coupe en faïence décorée ; monture en bronze verni.

241 — Vase en céramique émaillée, représentant un chou-rave, par Th. Deck.

CRISTAUX MONTÉS

242 — Vase à fleurs, de forme tonneau, en pâte de verre, décoré de guirlandes de feuilles de vigne.

243 — Deux vases en cristal, montés sur pieds en bronze doré.

244 — Quatre flacons de toilette en cristal taillé; bouchons en argent doré.

245 — Garniture de toilette en cristal, composée de huit pièces; couvercle en métal doré; initiales en argent.

246 — Deux coupes en verre, soutenues par un groupe d'enfants-tritons : couronnement, chute d'eau, bronze doré.

247 — Deux petits vases en cristal gravé; base en marbre vert sur laquelle sont assis des amours musiciens en bronze doré.

OBJETS VARIÉS

248 — Buvard, plumier et classeur en cuir et métal argenté.

249 — Médaillon de Louis XIV, bronze patiné ; cadre-cercle en bronze doré, sur fond de velours.

250 — Petit vase en étain, de J. Desbois. (*Édition Siot-Decauville.*)

251 — Vase, sur piédouche, en ivoire sculpté, à motif d'amours et de pampres.

252 — Coffret en glace ; monture en thuya, ébène et filets d'ivoire.

253 — Coupe en métal à ombilic, sur piédouche, garnie de douze camées de différentes époques.

254 — Fut de colonne en onyx, orné de bronze verni.

Haut., 1 m. 10 cent.

255 — Colonne en albâtre, supportant un vase de même matière ; ornements de griffons, oves et fleurs.

256 — Deux futs de colonne en granit rose, sur socle en marbre vert de mer ; base cerclée d'un tore de lauriers en bronze doré.

Hauteur totale, 1 m. 20 cent.; diam , 35 cent.

257 — Gaine carrée en cuivre ; ornements de bronze.

Haut., 1 mètre.

258 — Graphophone, formant meuble, en acajou à filets de citronnier et d'ébène.

259 — Petit trépied en noyer, supportant un coffret garni d'étoffe brochée.

260 — Trois grands cornets en cristal.

261 — Corbeille à papiers en cuivre poli.

MÉTAL ARGENTÉ

262 — Environ trente lots, comprenant : couverts, réchauds, porte-plats, légumiers, service à crème, service à thé, plats, seaux à rafraîchir, huiliers, etc., etc. (Sera divisé.)

ARGENTERIE

263 — Quatre dessous de carafe à contours galbés. Style Louis XV.

264 — Dix coquetiers à pied ; ornements repoussés et gravés.

265 — Deux moutardiers couverts, à décors de feuillages.

266 — Deux tasses à déjeuner, argent doré. Style Empire.

267 — Deux gobelets à pied, argent gravé.

268 — Deux petites jardinières ; ornements repoussés.

269 — Gobelet en porcelaine décorée; monture en argent doré.

270 — Service à dessert, quatre pièces.

271 — Deux sucrières à poudre, forme balustre. Style Louis XVI.

272 — Douze fourchettes à huîtres.

273 — Douze fourchettes à huîtres.

274 — Service, composé de : trente fourchettes et vingt cuillers.

275 — SERVICE, composé de : douze couverts, neuf couverts à entremets, neuf cuillers à café.

276 — SIX CUILLERS à œufs, argent doré.

277 — SERVICE à poisson, composé de : dix-huit fourchettes et dix-sept couteaux.

278 — TRENTE-SIX COUTEAUX acier, manche d'argent, et une truelle à glace.

279 — DEUX TRUELLES à poissons en vermeil.

280 — TROIS FOURCHETTES, un couteau à orange, une cuiller à moutarde, manche nacre et garniture d'argent.

281 — DOUZE COUTEAUX à dessert, à lame d'acier ; manche en nacre garni d'argent.

282 — ONZE FOURCHETTES et onze couteaux à dessert en vermeil ; manche en nacre.

283 — DOUZE CUILLERS à glace en vermeil.

284 — DOUZE COUTEAUX de table en acier ; manche d'argent.

285 — CINQ COUTEAUX de table, douze couteaux à dessert, service à découper en acier ; manche d'argent.

286 — SERVICE en vermeil, composé de : vingt-quatre fourchettes, vingt-quatre cuillers et vingt-quatre couteaux.

287 — DEUX PLATEAUX à hors-d'œuvre, de forme rectangulaire ; contours à canaux rubanés. Style Louis XVI.

288 — CAFETIÈRE, sucrier, pot à lait, dans un plateau de forme rectangulaire ; ornements à feuille d'eau, guirlande, trophée, etc.

289 — GRAND PLATEAU à deux anses, de forme rectangulaire ; le marli est orné de volutes feuillagées, de fruits et de personnages.

290 — CORBEILLE à pain oblongue. Style Louis XV.

291 — DIX-HUIT PLATS rectangulaires, à contours galbés. Style Louis XIV. (Seront divisés.)

292 — SAUCIÈRE avec plateau. Style Louis XV.

293 — DEUX GRANDS PLATS à contours galbés, de style Louis XIV.

294 — PLAT ovale, à contour galbé. Style Louis XIV.

295 — GRAND PLAT ovale, contour à chutes d'eau et volutes. Style Louis XV.

296 — PLAT ovale ; contour à chutes d'eau et volutes. Style Louis XV.

297 — GRAND PLAT rond ; contour à chutes d'eau et volutes. Style Louis XV.

298 — PLAT ovale, à bordure dentelée.

299 — DEUX JARDINIÈRES, de forme Louis XIV.

300 — DEUX MARMITES couvertes en terre émaillée ; monture style Louis XV en argent.

301 — DEUX PLATS à cuire les œufs ; garnitures en argent. Style Louis XV.

302 — FLACON plat en cristal gravé ; couvercle en argent. Style Louis XV.

3o3 — Boite à biscuits en cristal gravé ; couvercle en vermeil.

3o4 — Deux seaux à biscuits en cristal gravé ; couvercle en argent doré.

3o5 — Petit légumier couvert en porcelaine genre Compagnie des Indes ; monture et anses en argent ; le couvercle est orné de feuilles et légumes en argent.

3o6 — Deux légumiers couverts en porcelaine genre Compagnie des Indes ; monture et anses en argent ; les couvercles sont ornés de feuilles et légumes en argent.

3o7 — Légumier couvert en porcelaine, monture en argent. Style Louis XV.

3o8 — Deux vases sur piédouche, garnis d'animaux et d'oiseaux à la base. Travail oriental.

3o9 — Huilier en cristal ; monture à tête d'oiseau en argent.

3io — Service à thé de voyage en argent doré, contenu dans un écrin en cuir.

3i1 — Nécessaire de voyage en argent doré, composé d'environ douze pièces en cristal taillé, avec bouchons en vermeil.

3i2 — Grand miroir de toilette ; cadre en argent, à ornements de style Louis XVI.

3i3 — Monture de vase en argent. Style Louis XVI.

SCULPTURES

314 — Buste d'enfant en prière, marbre blanc, par Barthe.

315 — Buste de fillette, marbre blanc, par H. Aronson.

316 — Statuette de Vénus en marbre blanc, d'après l'antique ; socle rond en marbre à canaux.

317 — Buste de femme en marbre blanc, par G. Randa.

318 — Buste de jeune femme en marbre blanc, par J. Randa (1900).

319 — Buste en marbre blanc.

320 — Jardinière en marbre, présentant sur le devant une frise, copie de l'antique.

321 — Buste de jeune femme, marbre blanc, par J. Bos.

322 — Buste de jeune femme appuyée sur un coussin, marbre blanc, par A. Colle.

BRONZES

PENDULES

323 — Chanteuse et Musicien espagnols. Deux statuettes, formant pendants, en bronze argenté.

324 — Statuette d'enfant en bronze patiné.

325 — Statuette : La Femme au pampre, bronze doré, par Gérome (*Édition Siot-Decauville*).

326 — Petit buste de fillette, bronze patiné (*Édition Blot*). Socle en marbre.

327 — Statuette d'homme en costume Henri II. Bronze patiné.

328 — Statuette : Amour joueur de violoncelle. Bronze patiné. Socle en marbre.

329 — Rieuse. Petit buste de femme en bronze patiné, sur socle de marbre.

330 — Statuette en bronze doré : Fillette regardant une lanterne chinoise en pâte de verre, par Laporte-Blairsy.

331 — Danseuse algérienne. Bronze patiné, par Mercier, d'après Jérome (*Édition Goupil*).

332 — Statuette de femme tenant une guirlande de fleurs. Bronze patiné. Sur socle marbre noir. Installée pour l'électricité.

333 — Statuette de femme en bronze patiné, par Bulio.

334 — Coupe sur piédouche en bronze patiné : Le Semeur, par Henri Plé.

335 — Groupe en bronze à patine brune : le Retour du pécheur, par Rancoulet. Socle en marbre noir.

Haut., 70 cent.; long. totale, 80 cent.

336 — La Fontaine de Jouvence, bronze, par Mathurin Moreau (*Édition Susse*).

337 — Petit cartel en bronze doré, de style Louis XVI.

338 — Petite pendule en bronze doré : Amours-musiciens. Socle en marbre blanc.

339 — Pendule en bronze doré : la Fortune conduisant le Commerce; socle en marbre blanc. Époque Louis XVI.

340 — Pendule à colonnettes de marbre blanc garnies de motifs en bronze doré, supportant le mouvement sur lequel est posé un panier de fleurs. Style Louis XVI.

341 — Garniture de cheminée, composée d'une base en onyx ornée de bas-reliefs en bronze doré, contenant le mouvement, surmonté d'un groupe en bronze patiné : la Vendange, par A. Carrier, et deux lampes de forme vase en onyx, ornements en bronze doré, à frises, guirlandes et têtes de femmes.

342 — Appareil électrique, formé d'une statuette de femme en bronze patiné, sur socle à frise d'Amour en bronze doré.

343 — Deux appareils électriques, formés d'une tonnelle en bronze doré, sous laquelle est une bouquetière en biscuit de porcelaine.

7

344 — **Paire de petits flambeaux** en bronze doré, formés par des Amours supportant des tiges de fleurs. Base en marbre blanc.

345 — **Paire de grands candélabres**, à sept lumières, en bronze doré. Style Louis XV.

346 — **Paire de flambeaux-bouts-de-table**, à six lumières, en bronze argenté. Style Louis XV.

347 — **Paire de torchières** en bronze doré et verni, reliées par des cordelettes soutenues par un mufle de lion. Style Louis XIV.

348 — **Paire d'appliques**, à trois lumières, en bronze doré. Style Louis XV.

Haut., 65 cent.

349 — **Lustre-applique**, forme panier, cristaux et bronze doré. Style Louis XVI.

Haut., 1 m. 70 cent. environ.

350 — **Lustre** de suspension en cristal; ornements de bronze doré. Style Louis XVI.

Haut., 1 m. 50 cent. environ.

351 — **Lustre**, formé de branchages de roses en bronze doré, à six lumières. Disposé pour l'électricité.

Haut., 1 mètre environ.

352 — **Lustre** en bronze doré, garni de cristaux formant panier; tiges de roses-porte-lumières. Disposé pour l'électricité.

Haut., 1 mètre.

353 — **Grand lustre**, à vingt-cinq lumières, en bronze doré, de style Louis XIV. Installé pour l'électricité.

Haut., 1 m. 05 cent.

354 — Grand lustre en bronze nickelé, à seize lumières, et lampe, style Henri II. Installé pour l'électricité.

355 — Grand lustre, à vingt et une lumières, en bronze doré. Style Louis XV.

Haut., 1 m. 20 cent. environ.

356 — Lustre en bronze verni, à neuf lumières. Installé pour l'électricité.

357 — Paire de chenets en bronze. Style Louis XV.

358 — Garniture de foyer, bronze et acier poli.

359 — Devant de feu en bronze doré.

360 — Paire de grands landiers en fer forgé et poli.

361 — Paire de grands chenets en bronze poli, à écusson et boule ajourée. Style Renaissance.

362 — Garniture de foyer en bronze.

363 — Pare-étincelles en forme d'écran, bronze doré.

364 — Pare-étincelles, à monture de cuivre. Forme Louis XV.

SIÈGES

365 — Deux tabourets, style arabe, en noyer sculpté.

366 — Deux petites chaises volantes en bois sculpté laqué, dossier ovale, foncées de canne. Style Louis XVI.

367 — Deux petites chaises volantes en bois sculpté laqué, foncées de canne; dossier forme harpe. Style Louis XVI.

368 — Chaise à dossier bas en bois sculpté doré, ornements tête de lion, armoiries et colonnettes, pieds reliés par un croisillon, et recouverte de brocart.

369 — Deux chaises à dossier, forme lyre, bois sculpté laqué et peint.

370 — Deux chaises en bois sculpté laqué, rehaussé de dorure ; dossier et siège cannés.

371 — Deux chaises volantes en bois sculpté doré; dossier à colonnettes cannelées; siège canné. Style Louis XVI.

372 — Fauteuil de bureau en bois sculpté doré; dossier cintré, foncé de canne. Style Louis XVI.

373 — Fauteuil-chauffeuse en bois sculpté doré, foncé de canne. Style Louis XVI.

374 — Bergère en bois sculpté doré, accottoirs à colonnettes torsadés, couverte en soie brochée à rayures et fleurettes. Style Louis XVI.

375 — Bergère, de forme cintrée, en bois sculpté doré, accotoirs et pieds torsadés ; garniture de soie brochée à médaillon. Style Louis XVI.

376 — Deux fauteuils en bois sculpté doré, couverts de damas de soie rouge. Style Louis XIV.

377 — Deux grands fauteuils et deux chaises en bois sculpté doré, garnis de damas vert galonné de passementeries. Style Régence.

378 — Banquette à accotoirs en bois sculpté doré, foncée de canne. Style Louis XVI.

379 — Banquette à accotoirs en bois sculpté doré, pieds à tortillons, recouverte de satin rose broché. Style Louis XVI.

380 — Banquette de piano à deux places et un accotoir en bois sculpté doré ; ornements de canaux, perles et feuilles d'acanthe, recouverte d'étoffe à fleurs tissée de métal. Style Louis XVI.

381 — Banquette cintrée, recouverte de soie brochée à fond crème, à fleurs et ornements tissés de métal.

382 — Canapé-marquise en bois sculpté doré, recouvert de satin crème, à application de broderies fleurs, métal. Style Régence.

383 — Petit canapé à deux places en bois sculpté laqué, foncé de canne. Style Louis XVI.

384 — Canapé en bois sculpté laqué, orné de rais-de-cœur et feuille d'acanthe, recouvert d'étoffe brochée. Style Louis XVI.

385 — Chaise-longue en bois sculpté laqué ; dossier et accotoir garnis de canne ; garniture de soie brochée. Style Louis XVI.

386 — Lit de repos en bois sculpté laqué, foncé de canne, garni d'un coussin, matelas et deux rouleaux en velours frappés.

387 — Canapé, deux grands fauteuils en bois sculpté doré, recouverts de soie rouge brochée, ornés de passementerie. Style Régence.

388 — Petit coffre à bois formant banquette, à médaillons cannés sur le devant et les côtés. Style Louis XVI.

MEUBLES

GLACES, PARAVENTS, PIANOS

389 — TABLE-GIGOGNE en marqueterie de bois clair, filets de cuivre.

390 — TABLE-GIGOGNE en bois marqueté et laqué d'or, sur fond noir.

391 — TABLE de chevet en bois de placage marqueté à filets, tablette d'entrejambes; garniture de bronze doré; dessus de marbre. Style Louis XVI.

392 — TABLE à jeux en acajou et bois teinté.

393 — PETITE ÉTAGÈRE de chevet en acajou; la partie du bas simulant une bibliothèque; ornements en bronze doré.

394 — PETIT BUREAU de dame, de forme contournée, en bois de placage; entrées, chutes, sabots en bronze doré. Style Louis XV.

395 — BUREAU en acajou laqué, de forme contournée; garnitures de bronze doré supportant des appliques à deux lumières. Style Louis XV.

396 — TABLE-ROGNON en marqueterie de bois; pieds à lyre reliés par une entretoise; galerie en bronze doré.

397 — TABLE-GUÉRIDON rond en bois sculpté laqué; ceinture ajourée; tablette en onyx.

398 — Petite table-guéridon, de forme ovale, en acajou ciré, ornements en bronze doré ; tablette de marbre. Style Louis XVI.

399 — Porte-manteau, porte-parapluie en noyer ciré, à tablette-étagère cannée.

400 — Console d'applique en bois sculpté, peinture grise. Style Louis XV.

401 — Deux consoles, formant pendants, en bois sculpté doré ; tablette de marbre à contour moularé. Style Louis XV.

402 — Deux meubles, de forme cintrée, en bois de placage marqueté, à filets ; tablettes de marbre blanc formant étagères sur les côtés. Entrées, chutes et galerie en bronze doré. Style Louis XVI.

403 — Table en bois sculpté doré ; pieds reliés par un croisillon supportant un vase ; dessus formant vitrine. Style Louis XVI.

404 — Armoire-vitrine en noyer sculpté, ciré ; intérieur en glaces. Style Régence.

405 — Meuble, formant vitrine, en bois sculpté doré ; tablettes en glaces à l'intérieur.

406 — Meuble-vitrine, de forme contournée, en bois de placage marqueté de fleurs, garni de motifs en bronze doré ; intérieur à tablettes, gainé de panne havane.

407 — Meuble d'encoignure en bois de placage, orné d'une peinture de fleurs sur fond or ; garniture, chutes, encadrements, tabliers en bronze doré ; tablette de marbre. Style Louis XV.

408 — Commode, à trois tiroirs, en bois de placage, à marqueterie de fleurs sur toutes ses faces. Époque Louis XV. Entrées, poignées, chutes et sabots en bronze doré. (Restaurations.)

409 — Table à liqueurs en marqueterie de bois de placage ; tablette d'entrejambes et tirettes garnies de glace ; garniture bronze doré. Neuf verres et quatre flacons à liqueurs, dont deux à bouchons d'argent. Style Louis XV.

410 — Bibliothèque, à portes grillagées, en acajou ciré, ornée d'une frise, rang de perles et écoinçons, etc., en bronze doré.

411 — Meuble à hauteur d'appui en acajou, formant vitrine, à deux portes garnies de glace biseautée ; ornements de frises, chutes, encadrements et rosaces en bronze doré ; tablette de marbre blanc veiné. Style Louis XVI.

412 — Meuble à hauteur d'appui en bois de placage, marqueté à vase de fleurs ; ornements, frises, chutes, appliques, encadrements en bronze ; tablette de marbre brèche.

413 — Meuble à hauteur d'appui, de forme galbée, en bois de placage marqueté ; encadrements, chutes et sabots en bronze doré ; tablette de marbre. Style Louis XV.

414 — Meuble-secrétaire en marqueterie de bois de couleur ; la partie basse ouvrant à deux portes ; le corps du haut contient six tiroirs surmontés d'une pendule ; ornements de frise, chutes et poignées en bronze ciselé et doré. Style Louis XVI.

415 — Ameublement de salle à manger en noyer sculpté et ciré, comprenant : Une table rectangulaire à trois allonges. Style Henri II. Huit chaises, deux fauteuils foncés de canne, recouverts de coussins à damas rouge. Style Régence. Deux dessertes en noyer sculpté et ciré, table et fond d'étagère en marbre. Style Régence. (Sera divisé.)

416 — ARMOIRE à glace, à deux portes, en bois sculpté laqué ; colonnes cannelées et fronton rubané.

417 — ARMOIRE en bois sculpté laqué ; les deux vantaux sont garnis de glaces. Style Louis XVI.

418 — ARMOIRE, à trois portes grillagées, bois sculpté, peinture grise ; le haut orné de trois peintures dans des médaillons.

419 — TABLE de toilette en bois sculpté ; dessus de marbre, tablette surmontée d'une glace à encadrements.

420 — TABLE-COIFFEUSE duchesse en bois sculpté, recouverte d'un dessus en glace biseautée. Style Louis XV.

421 — GRANDE TOILETTE en bois sculpté laqué ; tablette à étagère en onyx ; cuvette basculante argentée. Glace à encadrement en bois sculpté, allant avec la toilette.

422 — BIBLIOTHÈQUE-ÉTAGÈRE en bois sculpté laqué, côtés ajourés ; tablette de marbre.

423 — LIT de milieu en bois sculpté laqué, garni de canne. Style Louis XVI.

424 — GRAND LIT de milieu en bois sculpté laqué et doré, orné de peintures : le Triomphe d'Amphitrite, sur fond or. Style Régence.

425 — ÉTAGÈRE à tablettes en glace ; montants en porcelaine de Saxe décorée de fleurs et de personnages.

426 — GLACE-PSYCHÉ, de forme ovale ; monture en bois sculpté laqué.

427 — Deux glaces, encadrées de bois sculpté doré. Style Louis XV.

428 — Fausse cheminée en bois sculpté laqué; avec paravent en glace. Style Louis XVI.

429 — Glace avec cadre en bois sculpté laqué; motifs de piastres, guirlandes de fleurs et médaillon. Style Louis XVI.

Haut., 1 m. 90 cent. env.; larg., 1 m. 40 cent. env.

430 — Glace-trumeau, cadre en bois sculpté, surmontée d'une peinture dans le goût du xviii° siècle.

431 — Ecran, formé d'une dentelle posée sur fond de glace; pieds en bois sculpté.

432 — Ecran en bois sculpté doré, style Régence, garni de velours cramoisi et dentelle dorée, et d'un ornement religieux ancien.

433 — Paravent à trois feuilles en bois sculpté; la partie haute à petits carreaux, la partie basse garnie de soie brochée rose.

434 — Paravent à trois feuilles; monture en bois sculpté doré; garniture de soie brodée et médaillons peints; milieu à fond de glace. Style Louis XVI.

435 — Paravent à trois feuilles en noyer sculpté ciré; la feuille du milieu garnie de trois glaces biseautées, les deux autres de damas grenat. Style Régence.

436 — Torchère en bois sculpté, peinture grise, relevé de dorure; tablette de marbre. Style Louis XIV.

Haut., 1 m. 5o cent.

437 — GAINE en bois sculpté laqué; ornements de faisceaux rubanés, fleurs et guirlandes.

438 — GAINE en acajou marqueté; ornements en bronze doré; tablette marbre.

Haut., 1 m. 20 cent.

439 — PIANO droit, d'*Érard*, en bois de placage marqueté de filets et de fleurs; ornements en bronze doré. Style Louis XV.

440 — PIANO à queue, d'*Érard*, en palissandre verni.

441 — PIANO à queue, de *Blüthner*, en palisssandre teinté.

442 — PIANO à queue, de *Pleyel*, en palissandre teinté.

443 — BAIGNOIRE soutenue par des dauphins, intérieur argenté.

444 — PETITE CHAISE à porteurs, de forme Louis XIV, garnie de soie brochée et d'ornements de métal; tablette intérieure.

RIDEAUX, TENTURES
COUSSINS

445 — Environ trente coussins en soie, velours, mousseline, peints, brodés, garnis de dentelles et d'applications. (Seront divisés.)

446 — Dessus de piano à queue en moire crème, à dessins brodés de soie et métal.

447 — Dessus de piano à queue en soie brochée, à ornements tissés de métal.

448 — Deux voiles indiens imprimés, dessins de palmettes, fleurs et oiseaux, sur fond blanc.

449 — Couverture de lin, ornements brodés de fleurs et palmettes rouge, verte et bleu sur fond blanc.

2 mètres sur 2 m. 5o cent.

450 — Couverture de lin, à ornements brodés de disques étoilés et de guirlandes à volutes rouge, bleu et vert, sur fond blanc.

2 m. 25 cent. sur 2 m. 65 cent.

451 — Deux paires de rideaux en étamine, ornés de carrés et d'entre-deux en dentelles et broderies, le bas garni de guipure.

452 — Deux stores et quatre brise-bise en soie blanche, entre-deux de guipures et broderies.

453 — Deux paires de double-rideaux en tulle, à ornements et entre-deux de guipure.

454 — Deux stores et quatre brise-bise en soie crème, entre-deux de guipure.

455 — Deux paires de grands rideaux en soie saumon, garnis d'effilés.

456 — Paire de grands rideaux en velours rouge.

457 — Deux paires de grands rideaux, avec bandeau en velours rouge ; ornements de passementerie brodée, bouton d'or.

458 — Deux paires de grands rideaux en soie bouton d'or, brodée de guirlandes de fleurs rubanées en soie crème.

459 — Deux paires de grands rideaux et deux bandeaux en satin broché à fleurettes et guirlandes sur fond bleu clair.

460 — Grand dessus de lit en satin bouton d'or, orné de médaillons et de guirlandes de fleurs application, doublé de soie blanche à fleurettes.

461 — Garniture de lit, comprenant un baldaquin en bois sculpté doré et sa draperie, fond de lit, deux grands rideaux en soie bouton d'or brodée de guirlandes de fleurs rubanées, doublure de soie crème.

462 — Fort lot de rideaux en tulle brodé, stores, etc.

Planche N G

Planche N° 7

Planche N 7

TAPISSERIES

463 — TAPISSERIE-VERDURE du XVIIIe siècle, présentant un paysage avec cours d'eau, habitations et nombreux volatiles ; encadrement de bordures à fleurs et écoinçons aux angles.

Haut., 4 mètres et 2 m. 80 cent.; larg., 4 m. 35 cent.

464 — GRANDE TAPISSERIE-VERDURE du XVIIIe siècle, présentant, dans un paysage accidenté, des habitations, des rivières et des oiseaux ; bordure d'encadrement à guirlandes de fleurs.

Haut., 4 mètres et 2 m. 80 cent.; larg., 6 m. 10 cent.

465 — TAPISSERIE fine du XVIIe siècle, à sujet tiré de l'Histoire ancienne ; bordures à volutes fleuries et personnages.

Haut., 3 m. 05 cent.; larg., 3 m. 05 cent.

(Planche n° 6.)

466 — TAPISSERIE de la même suite que la précédente.

Haut., 2 m. 95 cent.; larg., 2 m. 40 cent.

(Planche n° 7.)

467 — FRAGMENT de tapisserie, avec bordure, ornements de cartouche et casques. Époque Louis XIV.

TAPIS

468 — Carpette orientale, à dessins géométriques rouge, vert et jaune sur fond bleu ; encadrement blanc et rouge ; bordure sur fond brun.

1 m. 10 cent. sur 1 m. 80 cent.

469 — Très fine carpette orientale, à dessin persan présentant un arbre fleuri sur fond blanc ; encadrement de fleurs et motifs gothiques sur fond bleu.

Haut., 2 m. 10 cent.; larg., 1 m. 30 cent.

470 — Petit tapis de soie, dessin persan rouge et bleu sur fond de métal ; encadrement à dessin stylisé bleu et rouge sur fond blanc ; bordure bleu et rouge ; effilé jaune.

Haut., 1 m. 25 cent.; larg., 1 m. 05 cent.

471 — Très fine carpette orientale, à dessin persan représentant un vase de fleurs, avec oiseaux sous un péristyle à colonnes sur fond rouge ; encadrement de motifs géométriques et fleurs bleu et jaune sur fond rouge.

Haut., 1 m. 80 cent.; larg., 1 m. 40 cent.

472 — Très fine carpette orientale, à dessin persan présentant, au centre, un motif de losange sur fond blanc orné de fruits et d'oiseaux ; encadrement à dessin géométrique bleu et rouge sur fond blanc.

2 m. 05 cent. sur 1 m. 30 cent.

473 — Carpette orientale, à dessin géométrique bleu et blanc sur fond rouge.

2 m. 20 cent. sur 1 m. 60 cent.

474 — Deux chemins orientaux, à dessin géométrique rouge et jaune sur fond bleu; encadrement rouge; bordure blanche.

Long , 5 mètres; larg., 95 cent. chaque.

475 — Grande carpette en Smyrne, à dessins stylisés dans des bandes bleues sur fond rouge.

2 m. 40 cent. sur 5 m. 60 cent..

476 — Grande carpette orientale, à dessin géométrique sur fond blanc, bleu ciel et saumon.

4 m. 60 cent. sur 3 m. 60 cent.

477 — Grande carpette, à dessin de poisson et animaux sur fond rose; encadrement fond blanc; bordure rose.

4 m. 60 cent. sur 2 m. 45 cent.

478 — Tapis en Aubusson plat, décoré de bouquets et guirlandes de fleurs sur fond clair; encadrement imitant une baguette en bois sculpté; contrefond réséda.

4 m. 30 cent. sur 3 mètres.

479 — Grand tapis carpette, à dessin oriental sur fond rose; encadrements de palmettes et dessin stylisé sur fond gris; bordure rose.

4 m. 80 cent. sur 3 m. 60 cent.

480 — Grande carpette Savonnerie d'Aubusson, motif central et bandes d'encadrement à dessin de fleurs sur fond blanc et contrefond rose; bordure simulant un cadre.

4 m. 50 cent. sur 3 m. 50 cent.

481 — GRAND TAPIS Savonnerie haute laine, décoré au centre d'un
médaillon à bouquets de roses sur fond blanc, contrefond
bleu clair semé d'un treillis de feuillages ; encadrement vases
et paniers de fleurs sur fond blanc ; bordure rouge.

Larg., 4 mètres ; long., 4 m. 60 cent.

482 — FORT LOT de tapis moquette bleu ciel ; lot de tapis moquette fond rouge ; lot de moquette d'escalier à dessin oriental
sur fond bleu, etc., etc... (Sera divisé.)

FOURRURES

483 — Cinquante-huit peaux de taupe.

484 — Six mètres de zibeline pointée et morceaux.

485 — Trois queues, trois têtes, dix pattes de renard argenté.

486 — Cravate hermine.

487 — Chapeau en loutre, garni de plumes. Béret, lièvre et taupe.

488 — Chapeau en zibeline.

489 — Carré manchon chinchilla (huit peaux).

490 — Carré manchon chinchilla (huit petites peaux) ; une bande et deux morceaux.

491 — Col chinchilla, sept peaux doublées satin.

492 — Boléro loutre sans manche ; encolure hermine.

493 — Sept peaux de phoque, onze peaux de phoque blanc.

494 — Col et deux devant en zibeline pointée.

495 — Deux parements en zibeline, un haut de manche en loutre.

496 — Six têtes zibeline, vingt-six queues et une pointe.

497 — Col et revers zibeline.

498 — Gilet loutre avec manches, doublé de satin loutre.

499 — Paletot en phoque blanc, doublé de satin.

5oo — Petit paletot en poulain marron, doublé de satin.

5oı — Manteau chevrette grise, doublé satin.

5o2 — Petit paletot hermine, doublé satin blanc.

5o3 — Paletot renne, fourré ventres, col et revers zibeline, six peaux.

5o4 — Soixante queues de zibeline.

5o5 — Manchon skungs.

5o6 — Grande étole en skungs.

5o7 — Écharpe hermine, doublée fourrure.

5o8 — Cravate zibeline, trois peaux, onze queues, quatre pattes.

5o9 — Boléro zibeline lustrée.

5ıo — Paletot hermine, doublé satin blanc.

5ıı — Deux mètres vingt-cinq zibeline sur neuf centimètres et deux parements.

5ı2 — Très belle étole en zibeline, douze peaux.

5ı3 — Très beau manchon en zibeline, six peaux.

5ı4 — Très beau mantelet en chinchilla, garni de renard argenté.

5ı5 — Petit paletot zibeline lustrée, doublé satin, garni d'hermine.

516 — Très belle cravate zibeline, quatre peaux, quatre queues, huit pattes, doublée flancs.

517 — Manchon renard argenté.

518 — Etole formée de deux très beaux renards argentés.

519 — Grand manteau en Breitschwantz, garni de Skungs.

520 — Couverture mongolie blanche, doublée broché.

521 — Tapis ours blanc, tête naturalisée.

522 — Lot de fourrures diverses.

GARDE-ROBE

LINGE

MEUBLES ORDINAIRES ET DE SERVICE

DÉBARRAS

523 — Très fort lot de lingerie, dentelles, linge de table et de
maison. Garni de broderies, dentelles, guipures, etc. (Sera
divisé.)

524 — Environ cinquante robes, costumes, manteaux en dentelles,
satin, drap, etc. (Sera divisé.)

525 — Environ cinquante chapeaux en paille, feutre, garnis de
plumes, fleurs, fourrure, etc. Boas, plumes détachées, rubans, etc.

526 — Meubles ordinaires et de service. Verrerie, Vaisselle, Dé-
barras.

CAVE

527 — ENVIRON cent soixante bouteilles vins blancs et vins rouges,
Bordeaux et Bourgogne. Casiers à bouteilles, ustensiles de
cave.

AUTOMOBILES

528 — AUTOMOBILE Panhard et Levassor, Double phaëton, capote
cuir, quinze chevaux, quatre cylindres, 1909.

529 — AUTOMOBILE Delaunay-Belleville, Coupé limousine, quinze
chevaux, six cylindres, 1911.

SUCCESSION JEANNE DEMAY

IMPORTANT COLLIER DE PERLES, JOYAUX

Objets d'Art et d'Ameublement

TABLEAUX, TAPISSERIES ANCIENNES, TAPIS, ETC.

Carte d'Entrée à l'Exposition Particulière

HOTEL DROUOT, SALLES N°ˢ 9, 10 & 11

Le Lundi 8 Juin 1914, de 2 heures à 6 heures

COMMISSAIRES-PRISEURS

Mᵉ LÉON DE CAGNY	Mᵉ ROBERT BIGNON
8, rue Drouot	41, rue de la Victoire

EXPERTS

M. L. AUCOC, O. ✳	M. JULES BATAILLE
14, place Vendôme	57, rue des Mathurins

Entrée par la rue de la Grange-Batelière